Título original: *Fonchito y la luna*
D.R. © del texto: Mario Vargas Llosa, 2010
D.R. © de las ilustraciones: Marta Chicote Juiz
2010, Santillana Ediciones Generales, S. L.
Torrelaguna, 60. 28043 Madrid

D.R. © de esta edición:
Santillana Ediciones Generales, S.A. de C.V., 2010
Av. Universidad 767, Col. Del Valle
03100, México, D.F.

Alfaguara es un sello editorial del **Grupo Santillana.**
Éstas son sus sedes:

Argentina, Bolivia, Chile, Colombia, Costa Rica, Ecuador, El Salvador,
España, Estados Unidos, Guatemala, México, Panamá, Paraguay, Perú,
Puerto Rico, República Dominicana, Uruguay y Venezuela.

ISBN: 978-607-11-0591-2

Impreso en México

Primera edición: julio de 2010
Colección coordinada por Arturo Pérez-Reverte

FONCHITO Y LA LUNA

Mario Vargas Llosa

Ilustraciones de
Marta Chicote Juiz

Fonchito se moría de ganas de besar las mejillas de Nereida,
la niña más bonita de su clase.

Nereida tenía unos ojos grandes y muy vivos, una naricilla respingada, unos cabellos negrísimos y una tez blanca como la nieve que debía ser —pensaba Fonchito— más suave que la seda.

Un día, durante el recreo, se atrevió a acercarse a ella y, sin que lo oyeran sus compañeros que jugaban alrededor, le dijo:
—Me gustaría darte un beso en la mejilla. ¿Me dejarías?

Nereida, ruborizándose ligeramente, lo miró muy seria antes de responder:
—Te dejaré si bajas la Luna y me la regalas.
Fonchito se quedó tristón y desmoralizado.
¿Qué significaba esa respuesta sino que Nereida nunca le permitiría besarla en la mejilla?

Pero desde entonces empezó a hacer algo que no había hecho nunca antes: pasarse mucho rato mirando la Luna embobado desde el balcón o la azotea de su casa. Es decir, cuando la Luna salía, lo que ocurre rara vez en la ciudad de Lima, cuyo cielo suele estar cubierto de nubes muchos meses del año.

Uno de esos raros días en que lucía en el cielo limeño una Luna redonda como un queso, luego de estarla contemplando mucho rato, Fonchito, dando un suspiro, se disponía a bajar a su cuarto a acostarse.

Y en eso, con un aceleramiento del corazón advirtió de pronto que la Luna no sólo estaba en el cielo sino también a sus pies, reflejada en el balde-regadera que usaba Don Rigoberto, su padre, para regar los maceteros con geranios que daban color y vida a la azotea de su casa.

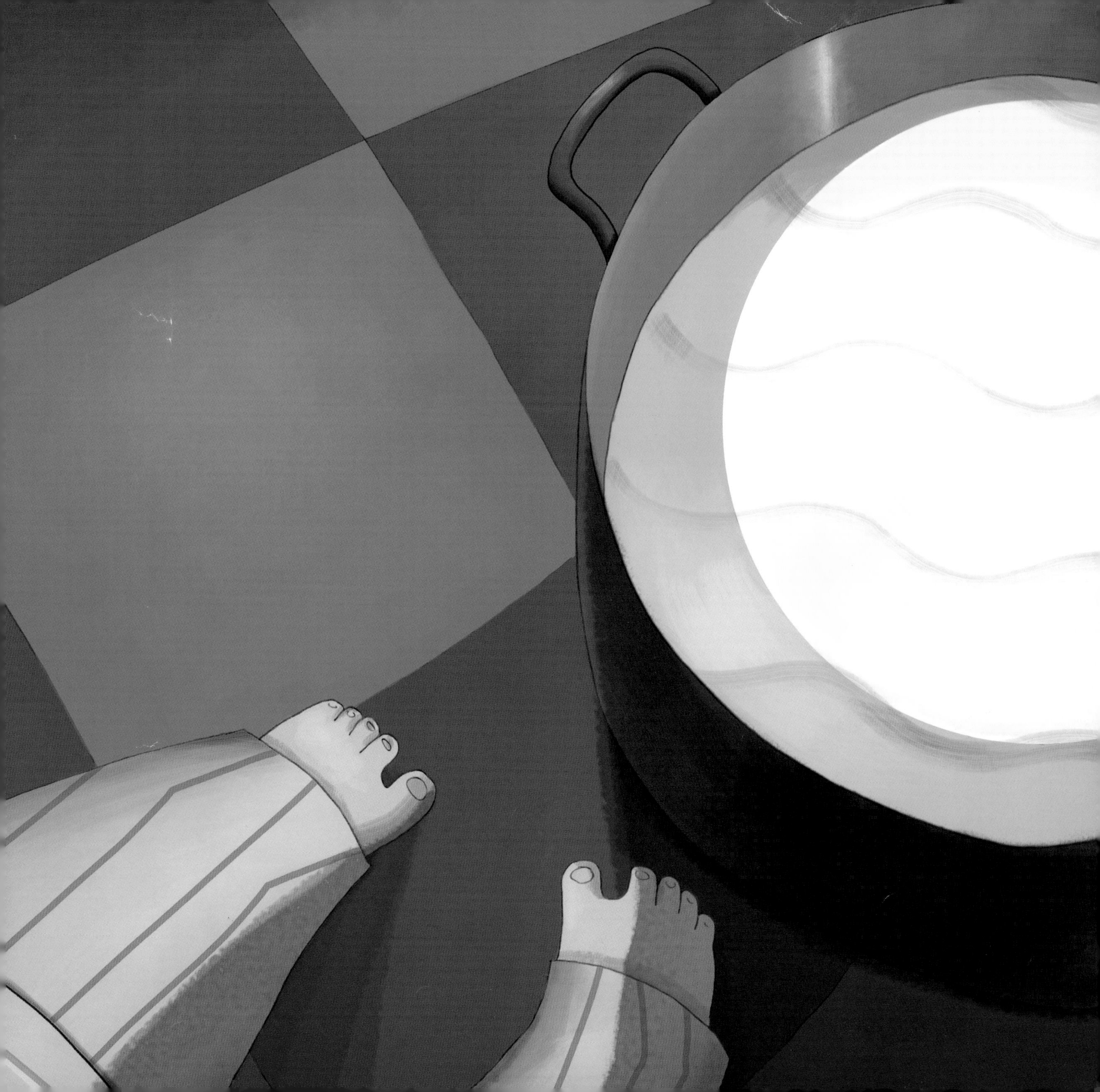

Se fue a acostar, feliz y agradecido a la casualidad o a los dioses, porque, estaba seguro, había encontrado la manera de cumplir con la exigencia de Nereida.

Al día siguiente se lo dijo, en
el recreo de la media mañana:
—Ya está, ya sé cómo bajarte la
Luna y regalártela. ¿Cuándo podría
ir a tu casa de noche, a la hora que sale
la Luna?

—Nunca —le respondió Nereida—, salvo un jueves.
Porque los jueves mi papá se va al club con sus amigos
y mi mamá juega al *bridge* con sus amigas.

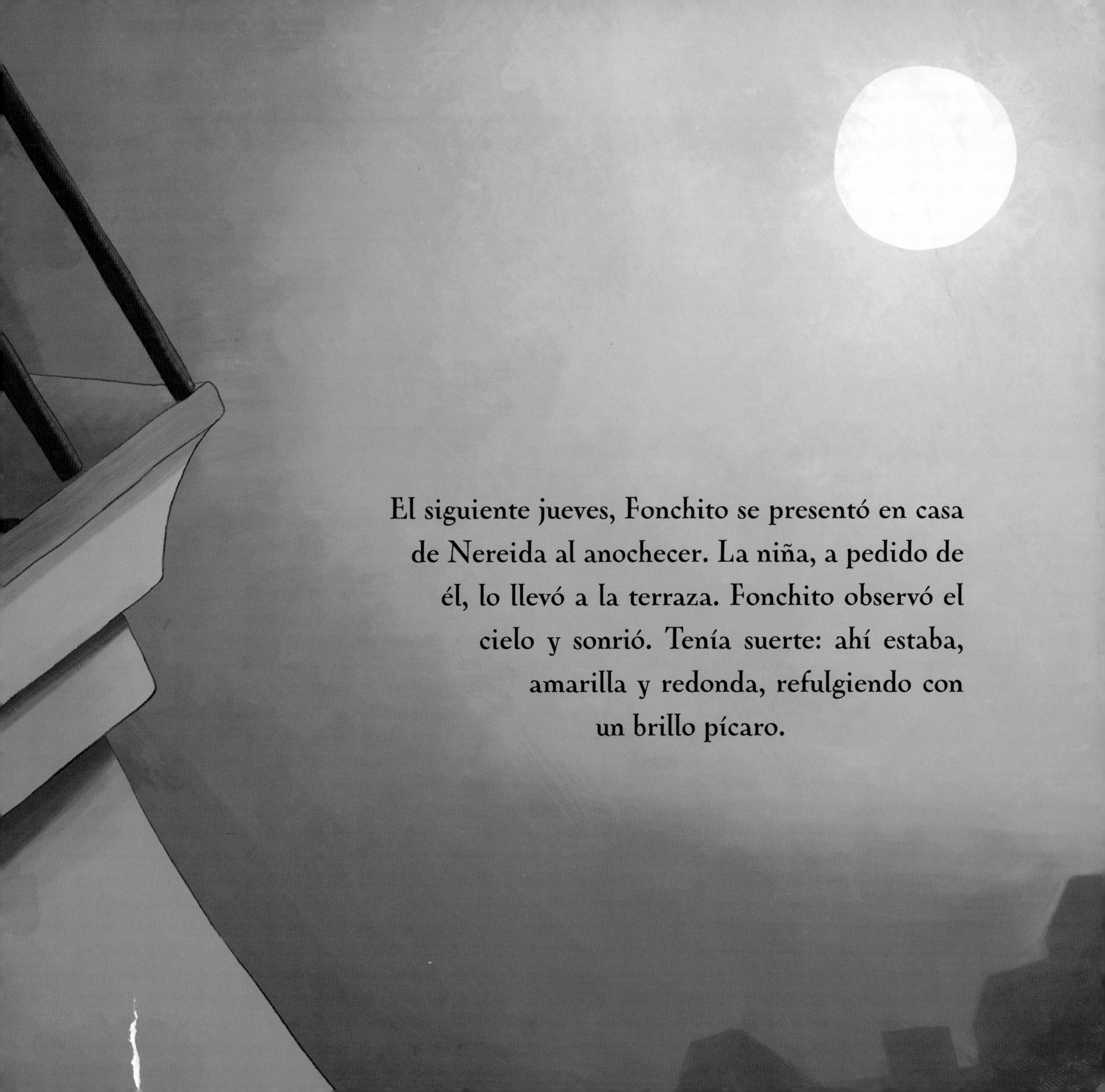

El siguiente jueves, Fonchito se presentó en casa de Nereida al anochecer. La niña, a pedido de él, lo llevó a la terraza. Fonchito observó el cielo y sonrió. Tenía suerte: ahí estaba, amarilla y redonda, refulgiendo con un brillo pícaro.

Entonces, le pidió a su amiga que le trajera un lavador o una olla llena de agua. Nereida lo hizo. Y se quedó observándolo intrigada. Fonchito cogió el recipiente, miró el

cielo, se movió por la terraza buscando el lugar más adecuado y, por fin, depositó el lavador en el suelo. Con la mano, hizo que su amiga se acercara.

Cuando Nereida llegó junto a él y miró lo que la mano de Fonchito señalaba, vio en el fondo del recipiente, temblando levemente con el movimiento del agua, una pequeña Luna redonda y amarilla. Estuvo mirándola mucho rato sin decir nada y sin mirar a su amigo.

Fonchito se preguntaba si el corazón de Nereida estaría golpeándole el pecho tan fuerte como su corazón golpeaba el suyo.
Supo que sí cuando Nereida, todavía sin mirarlo, le acercó la cara para que la besara en la mejilla.

Este libro se terminó de imprimir en julio de 2010
en los talleres de Editorial Impresora Apolo S.A. de C.V.,
Centeno 150-6, Col. Granjas Esmeralda
C.P. 09810 México, D.F.